자연이 내 무선신호를 죽이고 있다

"본 시집은 시인의 벗들과 가족이 뜻을 모아

그가 생전에 남긴 32편의 영시를 모은 것이다.

시인이 남긴 원문을 한글 번역과 함께 수록하였고,

모든 내용 및 표기는 시인이 남긴 유고遺稿에 충실하였으며,

특이할 만한 내용은 주석으로 별도 표기하였다."

자연이 내 무선신호를 죽이고 있다

김정찬 시집

.

번역 권기돈

나무,나무

차례

Contents

숲

나는 나무가 줄 지어 서 있는 길로 들어선다.
맨발로 갈색 흙길을 밟는다.
얼얼한 어둠, 부은 발목,
발가락에 끼어드는 돌, 싱싱한 소나무 침엽.

부엉이도 없다. 비올라도 없다.
패배의 비명도 없다. 오직 두꺼운 나무껍질의 향기,
이른 아침의 나방만 있다.

나뭇가지들이 부드럽게 바람을 일으킨다. 나는
어떻게 여기로 오게 되었는지 모르지만 돌아가는 길
을 찾을 것이다.

나의 동작은 고요 속으로 사라진다.
주황 자주색의 어둠, 광대함이
갑자기 따뜻해진다.

나는 세계가 바뀌는 것을 느낄 수 있다. 곧 새벽이 올

것이고 배가 고플 것이다.

동쪽에서 어떤 희미한 모습이 나에게서 멀어져 간다
아니 내 쪽으로 걸어오는 것인가.

Woods

I stray into a tree-lined path.
I'm barefoot in brown earth.
Pungent darkness, swelling ankles, pebbles
caught amid toes, fresh pine needles.

No owls. No violas.
No cries of defeat. Only the smell of thick bark,
early morning moths.

Branches flap a familiar gust. I don't know
how I got here but I'll find my way back.

My movements fade into quiet.
Orange purple of black, vastness
gives warm urgency.

I can feel the world change. Dawn will soon arrive
and I'll be hungry.

From the east, a muted figure walks away
or towards me.

1989년 토요일

떡볶이 2인분
순대 1인분
군만두 1인분
덤으로 오뎅 국물.

내가 살 차례였지.
이천 원을 모아 두었었지
전부 동전으로
우리 셋이 실컷 먹게.
우린 모두
반짝이는 은색 단추와 노란 이름표가 달린
감색紺色 교복을 입고 있었지.

우린
이 음식 저 음식 똑같이 끝나게
맞춰 가며 먹었지.
아줌마에게 감사하며
배꼽 가득히 큰 미소를 지은 채 우린

상쾌한 잿빛 보도로 나섰지.

걸을 때마다 바지 주머니에서 들려오는
짤랑거리는 동전 소리.
난 동무들에게 튀라고 외쳤지.

난 벌써 달리고 있었지.
달리고 또
달렸지
뒤돌아보지도 않고
우리 집
녹색 대문 앞에 멈춰
숨을 고를 때까지.

Saturday 1989

Two orders of *ddukbokki*,
an order of *soondae*,
an order of fried dumplings
with *odaeng* soup on the side.

It was my turn to treat.
I had saved two thousand won
in coins
so the three of us could feast.
We all wore navy blue
school uniforms with shiny
silver buttons and yellow name tags.

We paced ourselves
making sure that one dish wouldn't
be finished before another.
We thanked the *ajumma* with big smiles
on our bellybuttons and stepped on

the fresh grey sidewalk.

As I was walking, I heard the sound of coins
in both pant pockets.
I ordered my friends to run.

I was already running.
I ran and
ran
without looking back
until I was grasping for air in front of the big
green door
of my home.

그리고 나를 에나멜로 칠한 적이 있었다

나는 콩가 드럼이 되려 했다
그래서 내 속을 끄집어내었다
조그만 거북이들의 연못, 브라질의 일몰, 부러진 시인,
낡은 바퀴. 또 내 허파도 있었다
상한 기억처럼
내 속살에 달라붙어 있던, 다 끄집어내었을 때 난 아름
다웠다
그러나 트럼펫을 연주할 순 없었다
이빨을 모두 빼버렸으니

And There Was The Time I Coated
Myself With Enamel

I was trying to become a conga drum
so I took out my insides - a pond
of tiny turtles, a Brazilian sunset, a broken
poet, an old wheel. And there were my lungs
which clang to my inner skin like a defective
memory. When I was done I was beautiful
but I could not play the trumpet because
I had removed all my teeth.

빌 에번스

빌 에번스는 손가락으로 시를 연주했다. 그의 말은
내 방을 가득 채운다. 내 방에는 다른 것들도 가득하다
철제 커피 테이블, 한 여자가 있는 어두운 푸톤,

피츠버그 컬렉션에서 산 은색 테이블 램프. 빌은 손가
락이 짧았다,
바느질하기 좋은 손가락. 그의 시들은 사랑과 뉴욕에
대해 말한다
이것이 나를 여기 블리커 가街 서쪽으로 이끌었다.
뜸 했었다

한동안. 그 땐 눈이 내리고 있었다. 오늘은 여름의
가을.
뉴욕은 늘 내 넥타이를 꼬아 완벽한 매듭으로 만들고
야 만다.
온기를 머금은 찬바람이 나를 스쳐간다

F 메이저 세븐 – D 플랫 세븐 – G 플랫 세븐 – E 세

본으로

    예전엔 눈이 내 외투로 들어와 앙상한 등뼈로 녹아들었다.

    여기에서 살던 때를 생각하면 아직도 스산해진다.

    많은 것들이 기억난다 — 하나밖에 없던 창에 있던 비둘기들, 공원의

    비둘기들. 모든 어깨를 치던 콘트라베이스의 스윙, 스테인드 우드stained wood의 냄새

    그리고 연기. 빌은 88개 모든 건반으로 마술을 부리고, 무릎에서

    사랑의 시를 그리고 있었다. 그의 안경은 다른 우주를 보는 엑스레이 시력을 가지고 있었다.

    빌, 클럽에서는 이제 담배도 못 피워. 네가 여길 싫어할 걸 알아. 그래서 아마 네가 떠났겠지. 실내는 똑같아. 빨간 커튼, 옛 사진과 포스터, 비좁은 좌석, 뒤편의 작은

바. 튜바에 달라붙은 한 남자가 그루브를 타고 있지만,
그게 이젠 관광 상품 같아.

  한 여자가 있었다. 어김없이 한 여자가 있었다. 그녀
는 손가락으로 재즈를 말했다
  그녀는 입술로 한 행씩 짜내었고,
  코끝에 쇠테 안경을 끼고 미소를 짓고 있었다

  옆에서만 볼 수 있는 미소를. 우리만 걸었다
  홀수가 붙어 있는 거리 위를. 말을 상상했다. 오늘을
상상했다
  오늘과 다른.

Bill Evans

Bill Evans played poetry through his fingers. His words
fill my room. My room is full of other things -
steel coffee table, dark futon with a woman in it, silver

table lamp from the Pittsburgh Collection. Bill had short fingers,
kind that was good for needling. His poems talk of love and New York
which led me here the West side of Bleeker St. It's my first time

in a while. It was snowing then; a summer's autumn today.
New York always finds a way to twist my tie into a perfect knot.
Warm chill of the wind brushes me as

F maj 7 - D ♭ 7 - G ♭ 7 - E 7

Back then snow melted into my coat into my bony
back.

It still chills thinking about the time I lived here.

I remember things - pigeons at my only window,
pigeons

in the park. Contra bass swing touched every
shoulder, smell of stained wood

and smoke. Bill was crafting magic on all 88 keys,
painting love poems

from his knees. His glasses had x-ray vision into
another universe.

*Bill, they don't even let me smoke at the club
anymore. I know you would hate it here; that's
probably why you left. The interior is the same - red*

curtains, old photographs and posters, cramped seats
and the little bar in back. A man attached to his tuba
was grooving, but it seems like a tourist attraction
now.

There was a girl. Always there's a girl. She spoke jazz

through her fingers. She weaved stitches with her lips, wore

steel framed glasses on the tip of her nose, wore a smile

you could only see from the side. Only we walked

on odd number streets. Imagined words. Imagined today

as different than today.

푸른 커피

내 산문에 날개가 있다면
그들은 이베이에서 내 산문을 팔고
녹음 스튜디오를 열었을 것이다.
방탄유리는 필수,
달에 있는 토끼의 울음
들어오지 못하게. 그는
치즈와 밀크만 먹는 데 싫증이 나
김치와 루트 비어를
그리워한다.
달콤한 음표들은 낭만을
건조한다 하지만 낭만은
죽었다. 나는 내 고양이를 기쁘게 하느라
숨이 가쁘다, 방금 박치기를 배운
내 고양이. 그는 내게 말했다
진실을 말하는 사람은 간혹 있어도
가슴으로부터 말하는 사람은 드물다고
가슴은 부러지면 뼈와 똑같아
다 낫는 데 세 달 걸리지만

다시는 예전과 같지 않아. 난 말했다

첫 데이트 때 발목이 부러졌고

그 뒤론 뼈가 부러진 적이 없어.

지금 난 더 강하다고 생각해.

하지만 고양이는

내가 너무 방어적이라고 말했다. 난 재빨리 답했다.

방어는 잊혀진 예술이야. 요즘 사람들은

홈런home run만 좋아해. 난 집으로 달려갈run home 텐데

집을 기억해낼 수만 있다면.

소금의 달콤함, 갈매기의 땀.

난 전진 속에서 길을 잃었다.

하지만 그건 또 다른 시.

나를 로켓 우주선에 실어다오. 난 녹음할거야

호흡이 긴 노래를. 창작할거야

모든 장르로, 국수에서

닭살까지. 닭살 원하세요?

난, 이사할거야

또 다른 은하로, 희망이 절망과 만나는, 그곳.

Blue Coffee

If my prose had wings
they would sell it
on e-bay and start
a recording studio. Bullet-
proof glass is a must, to keep
out cries of the rabbit
on the moon. He is sick
of eating only cheese
and milk and longs
for kimchi and root
beer. Sweet notes construct
romance but romance is
dead. I hyperventilate to please
my cat, who just learned how
to head-butt. He told me
Some may speak of
truth but seldom speak
from the heart, which when broken
is just like a bone - it takes three

months to heal completely but
it'll never be the same. I broke
my ankle on my first
date I said and I haven't
broken bones since.
I think I'm stronger now
but my cat told me I'm merely
defensive. I quickly replied that
defense is a lost art. People these days
only want to see home runs. I'd run
home if I could recall. The sweetness
of salt, seagulls' sweat. I was lost
inside progress. But that's another poem.
Put me on a rocket ship. I want to record long
winded songs. I will write in
all genres, from noodles to goose
bumps. Wantabump?Iwanttomove
to a galaxy where hope meets despair.

나비

앳된 얼굴에, 굵고 새까만 스포츠 머리
한 명도 빠짐없이, 타버렸네

백사장에서 뒹굴고 뒹굴다 그을린 살갗, 어떤 아이들
은
봄의 색깔로 다시 돌아가지 못할 거야. 하지만 상관없
다. 진짜 남자라면

구릿빛 여름 살갗을 가져야 해, 하지만 어떤 각도에서
보면 은빛이 나고, 어떨 때는 붉은
소녀와 함께 있으면. 우린 모두 열세 살이었지. 물론,

유치원 다닐 때 라면을 너무 먹어
2년을 혼수상태에 있던 형빨만 빼고.

한 학기만에
작아져 버린 감색 교복. 엉덩이와 팔꿈치,

마찰이 있는 곳이면 어디나
반들거리고 어떤 각도로 보면 은빛이 났지. 빨간, 노
란, 푸른

이름표가 우리 사이의 시간을 구분했지. 우리 선생님은
우리를 번호로 불러, 일번에서 시작해

키 큰 순서로, 하지만 딱 맞지는 않았지. 네가 반장이
기라도 하면
우린 널 반장이라고 불러주었지만,

그건 큰 책임이 따랐지, 누가 그런 걸 원해?
수업을 빠질 수도 없고 아이들도 너를 싫어하지. 우린
난리가 났지

새 사회 선생님에게, 새하얀 화장에
여대를 갓 나온. 그녀는 뜨거웠고 이내

최근에 나온 포르노 영화를 따라
별명을 얻었지.

어떻게 저들은 우리더러
한 학기에 18 과목을 배우라 하지?

18이 씨팔로 소리 나는 건
그저 우연의 일치일까?

틀림없이 그럴 거야 그게
하나도 도움이 안 됐거든. 난 모두에게 덩크슛을 할
거야

점심시간에 농구를 할 때. (우린 셋째 시간도 되기 전
에
도시락을 까먹었지.) 정경 선생님이 우리에게 말하네

너희들 모두 부자가 되고 성공할 수 있어.

우리가 초등학교 애들인 줄 아시나? 선생님 제발.

화장실에서 난 발견했지
내 가랑이 사이에서 희망의 한 가닥이
자라고 있는 걸. 이제 난 남자다.

Butterfly

Baby face crew cuts of thick black
hair on every one of us. Toasted

skin from too much sand and for some, won't
return
to the color of spring. But we don't care. A real
man should

have summer skin of copper but silver from some
angles, red
if you're with a girl. Every one of us is 13. Except

Hyungbal who had too much ramyun in
kindergarten and was in a coma

for 2 years. Navy blue school uniform
I outgrew in one semester and the butt and elbow

parts, or wherever there's enough friction, have become

shiny, silver from some angles. Red, yellow and green

name tags distinguish the years we are apart. Our *sunsaengnim* calls

us by numbers, starting with 1 and up, in order

of increasing height, but not exactly. If you're *banjang* even

we call you *banjang*, but that comes with a lot of

responsibilities and who wants those? You can't skip

class and we don't like you. We're rowdy for the new social

studies *sunsaengnim* straight white powder fresh
from a women's university and she hot and already

nicknamed after a recent porn movie. How do they
expect us to learn 18 subjects

in one semester? Is it merely a coincidence
that 18 sounds the same as *cock sucking*?

It must be cuz it never got me
anywhere. I'll dunk on everyone when we

play ball during lunch. (We already had our
dosiraks before
3rd period) The economics *seonsaengnim* tells us

You can all be rich and successful.
Does he think we're in elementary school? Please.

In the bathroom, I discovered a new strand of hope

growing between my legs. I'm a man.

담배 세계

내 필터 담배 안에는 세계가 있다
난 성냥을 켜 이 세계에 생명을 주며
익숙한 친교를 시작한다.
난 재를 떤다
담배 세계가 앞을 볼 수 있게
보답으로 그 세계는 나에게 힘을 준다
흰 구름 속에 깃든 지혜와 이완
내 담배 세계는 불 같은 열정
고등학교 치어리더들의 에너지
상처 입은 시인의 진실됨과 함께 산다
마지막 순간까지
내가 그 세계를 꺼 죽음에 이르게 할 때까지.

Cigarette World

There's a world inside my filtered cigarettes

Striking the match I give it life

beginning a familiar intimacy.

I clean out the dead ashes so

my cigarette world can see

In exchange it supports me,

wisdom and relaxation infused in white clouds

My cigarette world lives with fiery passion

the energy of high school cheerleaders

the sincerity of a wounded poet

until the very end

until I extinguish the world to death.

모퉁이

내 창문 밖
늙은 소나무 아래 노인이 있다.

피츠버그다운 11월. 그의 잠자는 자세는
내가 알던 라미아[1]와 겪은 갈등을 닮았다.

내가 그녀를 만난 건
내 친구 펜실베이니아 서부 촌놈을 통해서였다. 그는

반은 흑인종 반은 황인종이었다.

라미아는 게임을 즐겼고
지옥 같은 똥침을 주었다.

그녀는 푸른 피부를 가지고 있었고
종종 우울해진다고 말했다. 우리는 사랑을 나눴다

푸른 고드름 등 아래에서.

난 그녀의 부모를 만난 적은 없지만 흐릿한 사진은 보
았다.

낮에는 일하고
밤에는 MBA 수업을 들었지만, 매혹적인 몸매로

무엇이든 할 수 있었다. 그녀를 가로막은 것은 오직
그녀의 잠자는 듯한 왼쪽 눈.

난 안 됐다고 여겼다.
폭풍우를 뚫고 잠자는 노숙자도 불쌍하다.

차갑다. 인근 대학 학생들이 그들의 운동장 안에서
노숙을 한다
'노숙자 체험'을 한다나. 난 실소한다. 하지만 다음

난 생각한다. 얼마나 어리석은가, 우리가 사는 이
땅은

절망. 내 이성을

무장해제할 수만 있다면.

---

1) 라미아Lamia는 원래 그리스 신화에서 하반신이 뱀의 모습을 한
   흡혈 여자 괴물을 뜻한다고 한다.

Corner

Outside my window there
is an old man under the old

pine tree. It's a Pittsburgh
November. His sleeping position resembles

conflicts I had with a lamia
I knew. I met her

through a yinser friend. He
was half black and half

yellow. Lamia liked to play
games and gave wedgies

from hell. She had blue skin and said
she often felt blue and we made love

under blue icicle lights. I never met
her parents but saw a picture

of blur. Work at day, night
classes for MBA, but her body

could get her anywhere. Only thing holding
her back was her sleepy

left eye. I felt bad. Even
sorry for the homeless that slept

through storm. Cold. Students
from a local university sleep outside inside

their playground to capture 'the homeless
experience' I laugh. But then

I think. What a silly land, we live in
despair. I wish I could disarm my reason.

카운티

추운 봄 금요일 오후, 꼭 오늘과 같은 날이었다. 눈은 진창이 되었고, 마지막으로 나가본 지 한 계절이 지났다. 몇 주가 흘렀다. 아니 몇 날이었던가. 카운티 감옥에서 보낸 시간이 영원처럼 느껴졌다. 방금 개인 물품을 돌려받았다. 그들이 내 옷을 세탁했고, 이 바람에 49.52달러의 내 급료가 사라졌다. 내 귀걸이 뒷부분은 없어졌다. 시내로 걸어가는 길은 멀었다. 안심과 근심이 교차하며 내가 감기에 드는 걸 막아주었다. 가장 가까운 전화는 어느 술집 앞에 있었다. 친구에게 전화한 후 들어갔다. 오래 전에 이름을 잊은 그 마을에는 백인이 아닌 사람이 거의 없었다. 난 그들이 모든 유색인을 카운티 감옥에 가두었다는 걸 알게 되었다. 백인 바텐더가 나에게 오렌지 주스를 줬다, 공짜로.

County

It was a cold spring Friday afternoon, just like today. Snow had turned to slush, a season passed since the last time I was outside. It had been weeks. Or was it days. It felt like eternity, the time spent County Jail. I had received my personal items moments before. They had washed my clothes, which turned my pay check of $ 49.52 into nothingness. The back piece of my earrings were gone. It was along walk into town. A mixture of relief and worry kept me from being cold. The nearest pay phone was in front of a bar. I called my friend and walked in. There were hardly any non-whites in that town, the name I've long forgotten. I found out that they keep all the coloreds in County. The white bartender gave me orange juice, on the house.

시범 수업[1]

　시계를 다시 쳐다봤을 때 내가 시계를 갖고 있지도 않다는 것을 알았다. 뚱뚱한 백인 선생님이 구석에서 졸고 있다. 난 뚱뚱한 사람들을 좋아한다. 마른 사람들은 방어적이고, 몸이 좋은 사람들은 불안정하다. "난 운동을 좋아해요"라고 말하는 사람들을 절대 믿지 않는다. 그들은 "난 서른다섯인데 아직 여자 친구가 없어요" "난 자존심이 강한데 자존심 강한 사람들과 데이트하고 싶어요"라고 말하고 있을 뿐이다. 같은 깃털을 가진 새들은 함께 교미한다.[2] 혹은 서로 서로. 하지만 대부분의 시간은 교미할 계획을 짜며 둥지에 누워 있을 뿐이다. 넌 내 말을 알아들었다. 오늘 수업은 "시"에 관한 것이 아니다. 그것은

---

1) 이 시는 미완성이다.
2) 원문은 "Birds of a feather flock together"(유유상종)라는 속담을 차용한 것 같다.

Demo Class

I take another look at my watch and realized that I don't even own one. a fat white teacher is dozing off in the corner. I like fat people. Skinny people are defensive, and people in great physical shape are insecure. Never believe someone when they say, "I love working out." They're merely saying, "I'm 35 and still don't have a girlfriend." "I'm pretentious and I want to date pretentious people." Birds of a feather fuck together. Or each other. But most of the time just lie in their nests devising plans to do so. you catch my drift. Today's lesson isn't on "poetry." It's on

싶었다

어릴 때 난

군인이 되고 싶었다

조국을 위해 싸우고 조국을 지키고 싶었다.

군인에게 편지를 보낸 적도 있었다

예닐곱 때 쯤이었던가

어쩌면 여덟 살이었을지도 몰라

실은 내가 떠나온 곳에선 많은 아이들이 그렇게 했다

선생님들은 우리에게

이 예닐곱,

어쩌면 여덟 살짜리들에게

이름도 알지 못하는 군인들에게

편지를 쓰라고 시켰다.

혼자서 버스에 탈 수 있는 나이가 되었을 때

난 닥터 제이[1]가 되고 싶었다

하지만 친구가 내게 말하길

자기 아버지가

아시아인들은 NBA에서 뛸 수 없다고 했단다

총각 딱지를 떼었을 때 난

엔지니어가 되고 싶었다,

아버지께서 내게

엔지니어가 되라고 말씀하셨기 때문이다

담배를 피우기 시작했을 때

난 밥 딜런이 되고 싶었다.

아버지께서 말씀하셨다

"절대 안돼."

학업을 마친 후 난 군에 들어가

취사병 보직을 받았다

하지만 난

예닐곱 살짜리,

혹은 여덟 살짜리들에게서

어떤 편지도 받지 못했다.

---

1) 전설적인 NBA 농구 선수 줄리어스 어빙Julius Erving의 별명.

Wanted to

When I was young I wanted to be

a soldier;

to fight for and protect my country.

I even wrote letters to soldiers

when I was about 6 or 7,

or maybe even 8.

Actually, a lot of us did, back where I come from.

Teachers would make us,

these 6 or 7,

or maybe even 8 year olds

writing to soldiers

whose names we did not know.

As I became old enough to ride a bus on my own,

I wanted to be the next Dr. J

but my friend told me

his father told him

that Asians can't play in the NBA.

When I lost my virginity I wanted to be

an engineer,

because my father told me that

I wanted to be an engineer.

By the time I started smoking

I wanted to be the next Bob Dylan.

My father said,

"No way."

I enlisted in the army after school

and I was assigned as a cook.

And I did not receive any letters from

6 or 7,

or even 8 year olds.

게토 블루스

너무 추워서   코피도 나지 않을 것 같다.

통풍구는 없지만 통풍은 많다
　　말도 안 되는 소리지만 흔한
　　일이다.

내 방은 하루 묵은 담배연기로
조금 자욱하고,
체감온도는 엄청나다.

밖에서는 눈이 차보다 빨리 달린다. 이 개 같은 눈가
루들은 워낙 빨라서
　　땅에 닿지도 못한다. 눈은

　　　　　내리고

　　　　또 내린다

　　　산을 때릴 때까지

그래서 높은 산은 항상 눈으로 덮여 있다.

내 유일한 성소聖所는

>   한 자
>   길이의
>   푸른
>   플라스틱
>   담뱃대

>   등 쪽이 심하게 깨어져 있는.

둥글게 말린 덩어리가
사발에 박혀 있다.

코딱지일 수도 있지만, 난 아무튼 그것을 피울 것이다.

>   고요한 연기가 침묵 속에 앉아 있다.
>   들리는 것은 내 심장 소리뿐.

바로 편두통이 나지만

        이게 추위를   막아줄 것이다.

난 두통을 떨쳐낼 것이다.   제기랄.

                  두통을 모조리 몰아낼 것이다.

Ghetto blues

it's so cold   my nose won't even bleed.

No ventilation but plenty of draft
which doesn't make any sense but is the mundane
equation.

My room is partly cloudy
w/ day old cigarette smoke, wind chill factor
a big one.

Outside, snow outruns cars; they're so fast
the little fuckers won't even fall on the ground.
They keep

          going

          and going

     until they hit a mountain

and that's why tall mountains are always covered
in snow.

My only sanctuary is a

                                foot
                                long
                                blue
                                plastic
                                bong

cracked wicked in the back.

A ball of resin is tucked
in the bowl.

It could be a booger, but I'd probably smoke it
anyway.

Still smoke sits in silence.

The only sound is that of my heart.

I'm inviting an instant migraine

but it'll keep me from feeling   Cold.

I'll cough it off.   Shit.

                              I'll cough it all out.

그랜드 센트럴[1]

32번가와 브로드웨이

빈 컵들이
색종이 퍼레이드 뒤의
도시의 당혹한 블록처럼 누워 있다. 회색
그을음과 뜨거운 곰탕이
나의 음울함을 달래준다. 나는
이 모든 것의 연관을 가늠하려 하면서
일본 가두 악단의 리듬에 맞춰
반쯤 튀어 오른다,
긴 섬을 향해 가는
브루클린의 잿빛 지하철에서.
기차 속의 침묵은
이상한 냄새가
난다. 난 깨닫는다
피던 담배를 다 피지도 않고
새 담배에 불을 붙였음을.

할렘

넌 그걸 찾게 될 거야, 페드로가 말한다
하지만 그는 벌써 떠났다
내가 그게 뭔지
묻기도 전에. 난 뉴욕[2]을 샅샅이 뒤지다
그걸 전화부에서
찾는다. 난 몸이 안 좋지만 거기에 전화를 건다
우리는 만나 차를 마시고
날씨와 서브웨이 시리즈[3]에 대해
이야기한다. 난
외지 출신이 아닌 척
애쓰지만
이젠 어쩔 수 없다
현실에는
가파른 상황으로 굴러 떨어짐을 멈추게 할
차단막이 없기에.

영혼

페이지가 끝날 때
왜 내 생각도 멈출까?

소호Soho

펜이 막다른 골목을
만났다
상실감을
싱크대 위에 뒹구는 담배 꽁초로 오해해
고통을 받으며.
내가
그토록 허세에 취해 있지 않았다면
그걸 피우지 않았을 것이다.
슬픔에도
취급 설명서가
있다면. 때로

별들이 부딪혀 개똥벌레를
만든다. 난
그 단어의 철자법을
영원히 잊었다.

차이나타운

페드로가 갈색 소파에 뻗어 있고
소파는 뻗어 나가
두 개의 벽을 다 채우고 있다.
천과 검은 나무.

　　　　가족과 함께 한
내 첫 번째 캠핑 여행 때의 검은 나무들. 난
밤새도록 무서웠고, 태양이 떠올랐을 때 깨달았다
우리가 텐트촌에 있음을
모두가 서로를 두려워하며.

내 첫 번째 첼로의 검은 나무를
난 비를 맞으며 집으로 달려오다 부숴먹었다.

은행원 책상의,
큰 괘종시계와 감연한 대항의 검은 나무.

급격한 기분 변화의, 모든 재즈의,
죽은 병사들의 검은 나무.

그래머시[4] 공원Gramercy Park

잭이 사흘 동안
약에 취해[5]
시 천이백 편을
썼다. 그는 쓰지도 않고
시를 썼고
그것은 대단했다. 그는
시인이 되었고 다시는

쓸 필요가 없었다. 모든 위인들이

이런 식이다, 그리고

비밀이지만 우리 가운데 소수는

이 바닥이 어떻게 돌아가는지 안다, 그러나

우리는 그것을 비밀로 삼는다.

내가 부둣가 벤치를

덥힐 때

젖은 달들이 있다.

내가 기다리고 있는지를

어떤 이가 묻는다. 나는 말한다

비가 내릴 때만

개구리들이 물가로 나온다고.

---

1) 뉴욕에 있는 기차역. 플랫폼의 숫자 면에서 세계 최대이다. 본
   명칭은 Grand Central Terminal이다.

2) 원문은 The Apple. 뉴욕의 별칭이다.

3) 뉴욕에 근거지를 둔 메이저 리그 야구팀들 간의 시합을 가리킨
   다. 어느 팀이 홈팀이건 지하철을 타고 가면 경기를 볼 수 있다

는 데서 유래한 말이라고 한다. 현재는 뉴욕 양키즈와 뉴욕 메츠
가 뉴욕에 근거지를 두고 있다.

4) 뉴욕 맨해튼에 있는 작은 사유지 공원.

5) 원문은 'tripped on acid.' 문자 그대로는 '산酸 위에 엎어졌다'
는 뜻인데, 마약에 취한 것을 뜻한다. acid는 LSD의 속어이다.

Grand Central

32nd and Broadway

Empty cups lay

like perplexed city blocks

after a ticker tape parade. Silver

soot and hot gomtang stir

my grim high. I try to bring

it all into context and half

spring to the rhythm

of a Mariachi band from

Japan, on gray subways

of Brooklyn leaving

for a long island. Silence

in the train smells

funny. I realize I lit

a cigarette without ever

finishing the first one.

Harlem

You'll find it Pedro says
but he's already left
before I can ask him what
it is. I search the Apple inside
out, and I find it in the white
pages. I feel ill but call it
and we meet for tea and talk
about weather and the Subway
Series. I try not to sound
as if I'm from out
of town but I can't
stop now because
reality has no breaks
to stop you from rolling
down steep circumstances.

Soul

Why do my thoughts stop
when the page ends?

Soho

The pen has hit a dead
end, suffering from
loss that I mistook
for a roach laying on top
of the kitchen counter.
I wouldn't have smoked
it if I weren't so hung over
from pretension. I wish
grief had an owner's
manual . Sometimes
stars collide to make fire

flies. I forgot how
to spell that word for
good.

Chinatown

Pedro is out on the brown
couch that stretches out to
cover two complete walls.
Cloth and dark wood.

Dark woods on my first
camping trip with my family. I was scared
'til night's end, the Sun and I realized
we were in a tent community, all in fear
of each other.

Dark wood of my first cello

I broke while running home in the rain.

Dark wood of the banker's desk,
of grandfather clocks and double dares.

Dark wood of mood swings, any
jazz, dead soldiers.

Gramercy Park

Jack tripped on
acid for three days
and wrote twelve
hundred poems. He wrote
poetry without writing and
it was great. He became
a poet and never had to
write again. That's how all

the greats do it and though

taboo, we few know

how it goes down but

we keep it taboo. There

are wet moons when

I warm benches by

the docks. Some ask

if I'm waiting. I say

frogs come to shore

only when it rains.

기타

난
너를
내 손, 내
무릎에 쥐고
네 금빛 줄을
퉁기고
네 피곤한 목을
쓰다듬는다.
부탁한다
한 음만 더
올려다오.

한때 넌
젊은
기타였다,
풋풋한 단풍나무와 수액의
냄새
이젠 나이가 들었고

아름다움이
되었다.

프렛의
부드러운
굽음, 하지만 난
내 한계를
안다. 때로는
강물을 따라
흘러가는
작은 배들도
파도를 탈 줄 안다.

너의 노란
몸과 풍성한
보울, 소리는
너무도 순수하고 너무도
순수하며,

지구의
울음처럼
깊다.

Guitar

I have held
You
in my hands, my
lap, strumming
your golden
strings, stroking
your tired neck.
Please
hold another
note.

Once you were
a young
guitar,
smell of fresh
maple and sap
You have aged,
become
beautiful.

Soft

bend of

fret, but I

know my

limits. Sometimes

little boats

sailing

down river

catch wave.

your yellow

body and rich

bowl, a sound

so pure, so

Pure,

deep

as the cries

of the earth.

절반

    나는 그녀가 캘리포니아의 미풍과 함께 오는 것을 듣
지 못했지만
    날카로운 발톱과 포도의 자취를 알아차렸다. 난

    밖에 더 많이 나가야 할 것이지만 내 슬개골은
    열의의 총탄을 맞았다. 나는 담배를 말아본다 ― 처음
으로

    ― 올랜도와 인디아가 늘 그렇게 했듯이 ― 옆구리는
    터지고 내장은 멕시코 진창처럼 튀어 뿌려진다. 빗소
리의 화음은

    샤데이¹⁾의 진실한 어조와 같다.
    당신이 나에게 노래를 불러줄 수만 있다면. 난 큰 일
반 치즈와

    포도주스 한 통을 주문한다. 나의 감각은
    이것이 갈망의 행동이 아닌지를 묻는다. 그녀는 가장

가까운 팔로

　나에게 자몽주스를 먹여주었다. 나는 행복을 정의할
수 있다고 생각했다.
　나는 자몽주스를 먹어본 적이 없다―이것은 시험이
다―난 모른다

　이것을 견뎌낼 용기가 내게 있는지를. 나는 내 갈비뼈
를 두드린다.
　그것이 내 심장을 담을 수 없다면 무슨 소용이 있는
가? 그것은 박동한다

　재즈 드럼과 다르게, 생명과 다르게. 그러나 심장
　박동은 생명의 징후이고 한 목표의 의지와 같다. 나는
다시 시도한다

　또 다시―또 다시 터지고 좌절한다
　―침이 너무 적거나 침이 너무 많거나, 너무 많이 당

기거나 충분히 당기지 않거나

　너무 꽉 쥐거나 너무 느슨하게 쥐거나. 나는 인내심에
앞서
　집중력을 잃는다. *당신이 나에게 노래를 불러줄 수만
있다면.*

　내가 담배 한 개비를 한 모금에 피워버린다면
　상황이 달라질까. 나는 희망 혹은 징후를 찾아

　내 주머니를 뒤진다 그리고 중심에 구멍이 뚫린
　다임 하나를 찾는다. 재채기가 코끝을 간질인다.

　나는 해를 본다. 황색의 신. 감사하다
　하루가 절반이 지난 것이.

---

1) 미국 여가수의 이름.

Half

I never heard her come in with the California
breeze

but noticed traces of sharp toenails and grapefruit.
I need

to get out more but my knee caps were shot
with zeal. I try to roll a blunt - for the first time

- cuz Orlando or India always did - the sides
busted and guts sprayed like Mexico mud. The
harmony

of rain the same as Sade's sincere accent. If only
you could sing to me. I order a large plain cheese

and a gallon of grapefruit juice. My senses question
if this is an act of longing. She fed me grapefruit

with her closest limbs. I thought I could define happiness.

I never had grapefruit juice - this is a test ? I don't know

if I have the guts to go through with it. I tap my ribs.

What good is it if it can't contain my heart? It beats

unlike jazz drums, unlike life. But heart
beat is a sign of life, like will of an aim. I try again

and again - and again and again busted and frustrated

- too little saliva, too much saliva, too much or not enough

pull, my grip too tight or too loose. I lose my focus

before patience. If only you could sing to me.

Maybe if I smoke a whole cigarette in one drag
things will change. I search my pockets for hope

or a sign and find a dime with a hole
through the center. A sneeze trickles at my nose tip.

I look at the sun. Yellow god. I'm grateful
the day is half over.

나는 위엄을 가지고 재떨이를 비웠다.

나는 위엄 있게authoritatively라고 말할 수도 있었지만

with authority라는 말을 쓴 것은 형용사에서 파생한

부사에 반감이 있어서이며,

명사가 이 형용사를 낳았을 때는

더더욱 기분 나쁘다. 내

학생 가운데 의사 하나가

그것은 편집증이라 했다. 실은

내가 편집증 환자라고 그녀가 말했다. 실은

그녀는 피부과 의사였으며 내가 아름답고

건강한 피부를 가졌다고 말했다. 고마워요, 의사 선

생. 당신의

인정은 나에게 세상 전부예요.

나를 찡그리게 한 것은

그녀가 말끝마다

하느님을 언급한 것이었다. 하느님께서

지켜보실 거예요. 하느님께서 당신을 축복하실 거예요.

하느님께서 당신에게 건강한 피부를 주셨어요. 내가

무슨

쾌락주의자는 아니지만 제기랄,
당신의 종교는 당신만 가지시오.
허세에 가득 한 표정으로
척하는 이들로 사방에 득실거리지만
내 눈엔 그들이 뭘
척하는지도 모르는 것 같다.
그것은 아주 힘든 일이다.
이틀 꼬박 샌 후에
시를 쓰는 것과
좀 비슷한 일―넌
도대체 네가 무엇을 하는지도 모르지.
난 문체의 요소들이라는
이 책을 읽고 있다.

I emptied my ashtray with authority.

I could've said authoritatively
but I have this thing against adverbs
that are derived from adjectives,
and it's even worse when a noun
has begotten that adjective. My
student who is also a doctor said
it's paranoia. Actually, she said
I'm paranoid. Actually she's a derma-
tologist and remarked that I had pretty
healthy skin. Thanks, doc. Your
approval means worlds to me.
The only thing that made me wince
was that she would mention God at
the end of all her statements. God
will watch over. God will bless you.
God gave you healthy skin. I'm not
hedonic or anything but god damnit,
keep your religious nose to yourself.

I see all these wannabes with pre-
tentious expressions and it seems
to me that they don't even know
what it is that they wannabe.
That must be tough. Kinda like
writing poems after not sleeping
for two days - you don't know
what the hell you're doing.
I'm reading this book called
Elements of Style.

어느 여름날의 재즈

텔로니우스 몽크를 위해

텔로니우스. 텔로니우스.
이것은 세상에서 가장 멋진 이름이다.
무관심함. 내가 정말 되려는 것이 이것이다.
춥고 창백한 겨울의 자정 전에
나는 내가 아니기를 갈망한다. 내 조그만 쌍안경으로는
조그만 돛밖에 볼 수 없다. 그러나 나는 그것을 느낀다.
빈 관棺을 타고 내려가는 테킬라처럼.
트럼펫의 연소. 활의
경멸. 피아노. 내 친구 피아노.
해부를 해보면 모든 게 기술적인 것이다. 분석적
박자를 위한 분석적 수단. 분석적 운율을 위한
분석적 박자. 그만 분석해 내 친구야.
수치란 없다. 네 자신 말고는 어떤 무게도 질 것이 없다.
톤이 모든 것. 피치가 모든 것. 옛 여자 친구들이
화해를 한다. 저음부가 흉내를 낸다. 비록 스캐팅[1]이지만
너의 목소리는 사랑을 보낸다. 아무 말도

필요하지 않다. 말로는 표현할 수 없는

것들이 있다. 하나의 음표가 중요하다. 심장이 죽을 때까지 부는

하나의 음표. 그리고 이것은 다만 시작이다.

뭔가를 확신하지 못하는 또 다른 어머니.

허세부리지 않고.

---

1) 재즈 보컬의 한 기법.

Jazz On A Summer's Day

for Thelonious Monk

Thelonious. Thelonious.

That has be the cooolest name in the world.

Unconcerned. That's what I thrive to be.

On a cold pale winter premidnight

I long to be what I'm not. My tiny binloculars

can see only tiny sails. But I feel them.

Like tequila running through empty tubes.

The combustion of the trumpet. The slight

of the bow. Piano. My man, the piano.

It's all technical if you dissect. Analytical

means for analytical time. Analytical times

for another rhyme. Just be, my man. Ain't

no shame. Ain't no weight bearing but your own.

It's only tone. Only pitch. Ex-girlfriends

make mends. The bassline pretends. Your voice

sends love, though scattin'. No words

are needed. There are somethings words

can't express. One note. One note blown

til a heart's death. And that's just the beginning.

Another mother unsure of something.

Unpretending.

뿌리를 지켜라

뿌리는 '중요하기' 때문이다. 이 말은 너무나 남용되고 추상적인 단어다. 액화시켜라 삼키기 더 좋기 때문이다. 비가 개떼 같이 고양이떼 같이[1] 억수로 내린다 개는 바크bark 하며 짖고 고양이는 먀우meow 하며 운다 나는 개는 바크 하고 고양이는 먀우 한다고 말한다 누가 도대체 꼬끼요cockle doodle doo를 생각해냈는가? 이 말은 정말 변변찮은 표현이다. 나는 당신이 무엇을 생각하는지 안다. 하지만 아니다, 이 말은 창조적이지 않다. 당신이 자세히 듣는다면, 개는 "러프"라 하고 고양이는 "야오"라 한다. 닭은 튀겼을 때 최고다. 비스킷과 콜슬로를 곁들이고. 세사미 스트리트 빵 위의 피클과 양파. 누런 새. 맛있다.

---

1) 원문은 dogs and cats. "억수로"라는 뜻이다. 시인이 바로 뒤에서 이 단어들을 이용해 시를 쓰고 있기 때문에 다소 어색해도 이렇게 옮겼다.

Keep roots

Cuz roots are 'important.' That's such an abused & abstract word. Liquefy cuz it's easier to swallow. It's raining dogs and cats now dogs bark and cats meow I say dogs bark and cats meow who in the hell came up with cockle-doodle-doo? That's such a lame impression. I know what you're thinking. But no, it's not creative. If you listen carefully, dogs "rough," cats "Yao" and chicken are best when fried. With biskets and cole slaw. Pickles onions on a sesame street bun. Yellow bird. Yum.

삶

내가 진짜 나무딸기차를 맛보게 될까
내가 야시장에서 고해를 찾게 될까
내가 모비 딕을 읽게 될까
내가 순수성을 훔친 최초의 시간을 잊게 될까
내가 뽐냄 없이 주게 될까
내가 석탄의 타오르는 압박을 느끼게 될까
내가 짐을 좌석 밑에 제대로 넣게 될까
내가 내 가장 검은 베개의 바람을 제어하게 될까
내가 분노를 쳐부수게 될까
내가 퍼펙트게임을 던지게 될까
내가 5차원의 색깔을 듣게 될까
내가 금지된 밴조를 연주하게 될까
내가 트롬본을 통해 이야기하게 될까
내가 맹인이 되기를 구하게 될까
내가 질 높은 내용을 품게 될까
내가 하수구의 해바라기를 냄새 맡게 될까
내가 사무실용 가죽 의자에 붙어 있게 될까
내가 평범한 하루를 조종하게 될까

내가 배전의 용기를 내어 만리장성을 달리게 될까

내가 나를 위해 침대에서 아침을 만들게 될까

내가 보이지 않는 지팡이를 보게 될까

내가 비친 내 모습에 미소 짓게 될까

내가 "세계의 총체적 무정부상태" 아이콘에 더블클릭
하게 될까

내가 모순어법을 이해하게 될까

내가 스타디움 파도를 타게 될까

내가 이 시를 끝내게 될까

Life

Will I ever taste real raspberry tea

Will I ever seek confessions at the night market

Will I ever read Moby Dick

Will I ever forget the first time I stole purity

Will I ever give without being proud

Will I ever feel the burning press of coal

Will I ever stow luggage properly under the passenger seat

Will I ever control the wind of my darkest pillow

Will I ever defeat rage

Will I ever throw a perfect game

Will I ever hear the color of the fifth dimension

Will I ever play the forbidden banjo

Will I ever talk through the trombone

Will I ever beg to be blind

Will I ever conceive quality content

Will I ever smell the sunflower in the sewer

Will I ever stick to a leather office chair

Will I ever manipulate an ordinary day

Will I ever double dare myself to run the great wall

Will I ever make breakfast in bed for me

Will I ever see the invisible walking stick

Will I ever smile at my own reflection

Will I ever double-click on the "total world
anarchy" icon

Will I ever get oxymorons

Will I ever ride a stadium wave

Will I ever finish this poem

러브 모텔, 혼자서

　창에 비친 흐릿한 내 모습 속으로 황혼이 스며든다.
두 개의 창
　그리고 불은 켜 있지 않다. 멀리 있는 차들이 내 구레
나루를 날리며 지나간다.
　물침대 속으로 기어드는데 내 발 옆에 TV. 상황을
　헤아려 보지 않을 수 없다. 내 모텔 방의 커튼
　더 추한 커튼을 본 적이 없다. 바랜 파스텔 녹색의 회상
　그리고 혼자 여닫히는 문. 내 존재가 사라져도 누구도
모를 것이다.
　벽 저편에서 휴대전화가 울린다. 골목길을 다니는 미
친 고양이의 울부짖음.
　딸과 함께 있는 아버지. 사랑.

Love Motel, Alone

Dusk drips into the daze of my reflection. Two windows

and no light. Distant traffic grazes my sideburns.

TV by my feet as I sink into the waterbed. I am compelled to make sense

of something. My motel room has the ugliest curtains

I've known. Faded pastel green retrospection

and a drifting door. I could not exist and no one would know.

A cell phone rings beyond the wall. Screams of a frantic alley cat.

A father with a daughter. Love.

MC[1]

모든 영혼은 표현해야 한다
                              본능적인, 자신만의
      가장 깊은 곳에 있는 천명의 불꽃을.
                        내 자궁은
묻는다 다음은 무엇인가?
            짝퉁들의 가득 쌓인 과잉은
이제 그만 내가
      독보적인 권위자니까. 모든
                      영혼은 좌절을 표현해야 하지만
                둥지를 보호해야 한다.
너,
    나,
        자부심, 기쁨, 눈물,   엄마,
                        아기.   내 자궁은 묻는다
        다음은 무엇인가?   내 사람들과
적들이 서부로 가고 있다.
                    대부가 먹여주는
            모든 똥과 샐러드에 사로잡힌 인간들.

모든 영혼은

티타늄 힙hip 위에서

깡충깡충 뛰며hop, 눈과

손끝에서 표현해야 한다.　　　　달의 그림자가

내 뇌 속의 비듬을 긁어내지만 난 볼 수가 없다.

내 숲, 내 자궁, 내 자궁.

이 세상 아무것도 확실하지 않다, 이것이

내가 토로하는 유일하게 확실한 것이다.

불어라

필연의

내 목관 호른을.　　　　모든 영혼은

표현해야 한다. 내 자궁은 묻는다

다음은 무엇인가?

---

1) 랩하는 사람.

MC

Every soul must express

                              - instinctive, own

          inmost blaze of decree.

                    My womb

asks what's next?

                    Stop the hoards of excess

of wannabe's cuz I behold

          the sole authority. Every

                              soul must express frustration

          but protect the nest.

You,

     me,

          pride, joy, cry,   mother,

                    baby.   My womb asks

          what's next?   My people

and enemies be moving West.

                    Minds obsessed with whatever

          shit and salad that the Man feeds.

Every soul must

express from eyes

     and fingertips, hop-hopping

on titanium hips.   Shadows

          of moon scratch dandruff

out my brain and I can't see.

     My woods. My womb. My womb.

Nothing in this world is sure, is

     the only sure thing I confess. Blow

my wooden horn

of necessity.   Every soul

must express. My womb asks

     what's next?

머슨 법정 광장

바람이 멈추었으면
케첩 범벅이 된
냅킨으로 뺨을 맞기 전에.
내 혀를 덮는
솜사탕의 뒷맛은
세팔란투스 관목과
가장 단단한 엉덩이를 가진 그 갈색머리 여자를 생각
나게 한다.
아 그 멋지고 통통한 여분의 살.

고기 속으로 이빨을 박아 넣을 때
이빨은 무뎌지는 느낌이다. 그렇다고 해서 내가
희망 없이 죽고, 발톱에서 피를 내고,
액화된 명랑한 빛에 숨 막히는 일을 멈추지 않는다
액화된 빛의 음료는
순수 에너지를 병에 담으려는 인류의 유일한 시도.
태양은 진실의 대담한 광선을 발산한다.
내 간이의자 안의 콘크리트 성에

없어서는 안 될

한 병의 기氣를 마셔라.

제이. 킴∧패트릭 미시터[1]

---

[1] 시인의 의도를 알 수 없어서 소리나는 대로 옮겼다.

Merson Courtyard

I wish the wind would stop
before I'm slapped in the face by a napkin
covered in ketchup.
The cotton candy aftertaste that coats
my tongue reminds me of button bush shrubs and
the brunette with the tightest ass
Oh de funky extra chunky flesh

My teeth feel dull when I grind them
into the meat. That doesn't stop me
from dying hopeless, bleeding toenails
suffocating on liquefied jovial light
the drink that is mankind's only attempt
at bottling pure energy
the Sun sweats a bold beam of truth.
Drink my bottle of Qi essential
to the concrete castle inside my
lawn chair.

j. kim^patrick misiti

내 세발자전거

나는 동네를 가로질렀다
반짝이는 빨간색 새 세발자전거를 타고
해와 구름에게,
그리고 하늘을 찌르는 멋진 아파트에게 말을 걸며
언제부턴가 시간 속에서 잊혀진
내 노래를, 내 언어를 부른다.
또래 아이들에게 고함을 지르니
집으로 도망간다.

나는 사랑했다 걷지 않고도 움직이는 느낌을
아스팔트 도로에 조금 더 가까우면서도
달에 있는 토끼에게선 조금 더 먼 느낌을.
나는 왼쪽으로만 틀며 숱한 건물을 지났다
오른쪽으로 트는 법을 몰랐으니까.

자연의 부름.
나는 집에 뛰어가기로 했다
자전거보다 더 빨리 뛰어갈 수 있었다.

집이 생각보다 가까이에 있었다.

문을 지나 돌진했다

엄마, 쉬!

엄마는 거대한 변기에 나를 올려주었다.

그러나 나는 손 씻는 것은 물론

물을 내리고 혼자 내려올 줄도 알았다.

나는 TV를 켰다 왜냐하면

화면에 나오는 아이들, 내 친구들과 함께

즐거운 노래를 부르며 춤추는 시간이었다.

자전거 어데 있노?

밖에 놓고 왔다고 엄마에게 말했다.

엄마는 화를 냈지만 난 까닭을 몰랐다.

난 동네가 뒷마당이라 생각했다.

가서 찾아 온나.

그렇게 했다. 사방을 뒤졌다.

낡아빠진 녹색 쓰레기통에 있을지도 모른다는 예감이

들었다.

  하지만 쓰레기통은 괴물이었다. 그래서 밑에서 올려
다보고

  내 자전거가 도망가 버렸다고 결론지었다.

My Tricycle

I was peddling through the neighborhood

On my bright new red tricycle

Talking to the sun, the clouds,

The marvelous apartment buildings that scraped
the sky

Singing my song, my own language

That has since been lost in time.

I yelled out to kids of similar age and

They ran away into their homes

I loved the sensation of moving without walking

How I was a bit closer to the asphalt road

A little further from the rabbit on the moon.

I passed dozens of buildings turning only left
because

I didn't learn how to turn right

Nature call.

I decided to run home

I could run much faster than I could ride.

I was closer to home than I thought

I raced through the door

Mommy! Sheee-

Mommy helped me up on the gigantic toilet,

But I could flush and come down on my own

As well as wash my hands

I turned on the TV because it was that time of day

Singing and dancing happy songs

with the kids on display, my friends.

Where's your bike?

I told her I left it outside

She became angry and I didn't know why

I thought of my neighborhood as my backyard

Go find it.

So I did. Looked everywhere.

I had a hunch that it might be in the mean green trash can

But it was a monster. So I looked from below

And concluded that my bike had run away.

자연이 내 무선신호를 죽이고 있다

1

보라색 하늘이
      무한한 팔꿈치의 자기 두 팔을
          길게 편다. 차가운 구름이 투명한 비의
   가락에 맞춰 춤춘다. 나무들이
바람처럼 자유롭게 흔들리니
   마치 흔들리도록 내버려두는 것만 같다, 그대여
         녹색 잎들은 가지와 작별한다.

2

 나는
여섯시에서 아홉시까지 진행하는 DJ를 사랑한다. 나
는 안다
 그녀는 키가 작지만 비키니를 입으면
 반항적인 모습일 것이다. 그녀는 친구들에게
 라디오 방송이 급료가 낮다고 불평하지만

그래도 부모님과 함께 사는 단칸방의

현실.   그녀의 눈은

모습도 냄새도 맛도

커다랗고 두꺼운 흰색 세라믹 머그 속 아침 커피 같다.

3

　　　　　그녀의 음성은 첫눈처럼

　　　　　　다가온다. 하지만 오늘은 아니다.

　　　　　　　수신이 망가졌고

　　　　　　나도 그렇다.

　　　　　　　재와 연기 가득한

　　　　　　　공기가 내 귓속에서

　　　　　　　공허하게 부풀어 오른다. 내 사랑아

　　　　　　　나는 들을 수 없다, 공전空電이

　　　　　　　단조의 안개 속에서

　　　　　　　희부옇게 번져 나가고,

　　　　　　내가　　보라색　　풍선으로

웃음   가스를
처음으로   들이마시던
            날처럼   진동한다.

Nature's Killing My Radio Signal

1

Purple sky outstretches
its arms of infinite
elbows. Cool clouds dance to the groove
of lucid rain. Trees sway
as free as the wind
feels like letting them sway, baby
green leaves part from twigs.

2

I'm in love
with the DJ on from six to nine. I can tell,
she is short but would look defiant
in a bikini. She complains to her friends
about low pay in radio and still
lives with her parents in a one-bedroom
reality.   Her eyes

look & smell & taste like morning
coffee in a big thick white ceramic mug.

3

Her voice conveyed like virgin
snow. But not today.
Reception's down
and so am I.
Ash and smoke
air swell empty
in my ears. My love
I cannot hear, static
smears in monotone
mist,   vibrates
like   the   time
I   took   my   first
nitros   hit   with
a   pink   balloon.

길거리 시합

난 혼자 놀이터로 갔다
아주 큰 등 가방을 매고
새로 산 인조 가죽 공을 끌어안고
아스팔트 위에서
드리블하기엔 너무 새 것인 공.

창백한 머리카락, 피부, 눈을 가진
큰 미국 애들은
날 마지막으로 뽑는다
내가 노랭이라서
예상한대로.

난 우애회 애들을 증오했다.

난 걔들을 태워 없앨 거라고
홀로 다짐했다.

난 서울의 택시운전사처럼

레인을 가로질렀지만
아무도 외로운 한국애에게
패스해주지 않았다.

그래서
난 공을 잡을 때마다
쏘았고,
리바운드와 스틸을 위해 돌진하며
지크[1]처럼 뛰었다.

소금 맛이 나는
눈물의 슬픈 소금 맛이 아니라
태양의 화난 소금 맛인 땀이 흘러내려
내 자존심을 흠뻑 적셨다.

우리는 16 대 14로 졌다.

난

정강이가 부어오르고
발목이 삐었음을 깨달았다.

오렌지 반바지를 입은 우애회 애가 웃음지었다,
좋은 경기였어

그는 손을 흔들었다.
난 안 했다.
난 수치의 한 숨을
내쉬었다.

---

1) 원문은 Zeek. Zeek라는 유명 농구 선수는 없다. Isiah Thomas라
   는 선수가 Zeke라는 별명을 가지고 있었다. 이 선수는 1961년
   생으로, 열두 차례 NBA 올스타에 뽑혔고, NBA 역사에서 가장
   위대한 선수 50명 중 하나라고 한다. 발음이 같아서 시인이 착
   각하지 않았나 한다.

Pickup Game

I wondered to the playground alone
over-sized backpack
hugging my new synthetic ball
too new to dribble
on the asphalt

big American kids with
pale hair, skin, eyes
picked me last as I expected
because I was yellow

I hated frat kids

I promised myself
to burn them all.

I cut through the lanes
like a cab driver though Seoul traffic

but no one passed to the
lone Korean.

so
I shot whenever I
touched the ball,
rushing for rebounds and steals
making like Zeek

streams of sweat tasted salt
not the sad salt of tears
but the angry salt of the sun
drenched my pride

We lost 16-14.

I realized
my shin was swollen

twisted ankle

the frat boy with orange shorts smiled,

Good game

He waved.

I didn't.

I released a sigh

of shame.

조용한 밤과 조용한 별들

조용한 음악이 내 판단력을 무디게 하지만 나는
상관하지 않으며 믿음을 어떤 더 큰 것의
자국으로 남긴다
그것은 아마 잠일지도 모른다 잠은 큰 것이니까
시간이 많지 않다 내 아버지의
특색들이 펜을 쥐는 법과 벨을 울리는 법에도 스며들
어 있기에
한없는 용량을 가진
내 펜티엄 원의 윙윙거림이 모든 모기를 죽인다 마우
스를 클릭해 봐
엄마 보세요 정말 꼬리가 없어요 꼬리가 없는 좌 클릭
이 멍청한 놈
"문법 내게 줘 음조 내게 줘
씨팔 정말 끝내주는
주제, 운율, 기법을"[1]이라고 내가 썼더니
이 빨간 줄이 다 뭐야
언어의 맛은
그보다 훨씬 더한 거야 사고보다 훨씬 더한 거야 왜

냐면
  네가 설명할 수 없는 것들이 있는 법이니까 왜냐면 넌
  그녀의 이름도 모르니까 왜냐면
  네가 최상의 주장으로
  아무리 부정하고 싶어도 이름은 중요하니까
  네 주장은 3분이 지나면 딩동댕 네 시간
  끝

  난 저 산의 도로를
  내 안방마냥
  으스대며 지나간다.

---

1) 이 행은 오타나 문법적 오류가 있을 때 워드 프로세서가 빨간 줄
   을 그어주는 상황을 표현하고 있는 것 같다. 원문에는 여는 따옴
   표만 있고 닫는 따옴표가 없어서 역자가 추측을 해서 본문과 같
   이 했다.

Quiet Nights and Quiet Stars[1]

Quiet music blunts my judgment but I'm
fine with it leaving belief as an imprint
of something bigger
sleep maybe because sleep is big
there's not much time because my father's
features are creeping in pen squeezing bell ringing
and the hum of my Pentium One with its giga-less
limits kills all the mosquitoes click mouse
look Ma no tail indeed tailless left click
you dumbass whats up wit these red lines
under my words "gimme grammar gimme tone
themes, schemes and devices like ones
that can blow up shit the linger of language
is far more than that far more than thought cuz
there are things you can't explain cuz you don't
even know her name cuz names are important
no matter how much you want to refute with your
bestest argument three minutes ding your times

up

I strut through streets of the mountain

like its my bedroom

---

1) 안토니우 카를로스 조빔(Antônio Carlos Jobim)이 작곡한 보사
노바 스탠더드 넘버 'Corcovado'의 영어 제목.

그녀

그대 얼굴의 부드러운 살결은 조용히 젖어 있다.
그대가 하품 하며 다른 쪽으로 몸을 돌릴 때
그대의 시간 속에서 삶의 목적이 흐른다.
나는 그대의 모든 움직임에 대해 곰곰이 생각한다.
그대 숨결의 리듬이 나의 존재 자체를 확보해 주고
단 하나의 선이 어느 따뜻한 여름날을 정의한다.

타오르는 그대의 미소가 계속 조용히 빛나기에
흘러가는 매일 매일 나는 경이로움에 사로잡힌다.
모든 인간 존재의 기초가
삶을 허용하듯이, 그리고 보이지 않는 눈물은
나의 사랑과 상처, 그리고 내 내면의 희망에 대해 말
해준다.
그대의 참된 욕망들을 나는 움직이고 싶다.

그대의 지친 정신을 내 곁에서 영원히 쉬게 하라.
내 속에서 그대가 안식하라. 어제의 바람은
더 이상 차갑지 않다. 내가 염려하며 조용히

당신 속으로 당신 주위로 움직일 때 안돈하라.

　그대의 가장 깊은 두려움, 그대의 소금기 눈물을 나와
나누자.

　내가 당신의 신성한 존재를 깃털로 덮어 보호하리라.

　나는 내 자신의 존재를 위해 그대의 눈물을 붙잡을 것
이다

　당신 옆으로 살짝 아주 가까이 움직이면서.

　그대의 선들 속에 조용히 포획된 어느 따뜻한 여름날.

She

The soft skin of your face is dripping still
The purpose of life flows in your years
as you yawn and turn to the other side
I ponder on your every move.
The rhythm of your breath secures my very being
A single line defining a warm summer day.

I catch myself in wonder every passing day
as the burn of your smile keeps shining still.
Like the foundation of any human being
permitting life, and the unseen tears
speak of my love and hurt, and my hope inside
Your sincere desires I wish to move.

Forever rest your weary spirits by my side
Shelter you in me. Winds of yesterday
are no longer cold; settle as I move
into you and around you, anxious but still.

Share with me your deepest fears, your salty tears;
I will feather and protect your sacred being.

I will catch your tears for my own being
As I move slightly too close to your side
A warm summer day captured in your lines still.

빛남

강조하고 싶을 때는
탁자에 손바닥을 내리쳐라. 아니면

보라색 꽃무늬가 있는 흰색 긴 양말을 신어라. 아니면
그냥 엎어져서 충격을 받을 때 너 자신을 잊어라.

아이구야　　　　　내가 깨어나니
　　이마 한가운데

혹만 있다. 혼란이 일어날 때
나는 담배를 찾는다. 길을 잃었을 때 나는

　내 축축한 기억 속을 찾는다. 나는 네 긴 검은 머리카
락의
　맹렬한 폭풍우를 맞았다. 그것이 어떻게 그리 곧을 수
있지? 내 머리카락은 곱슬이라

　나는 머리카락을 기르지 않는다. 누군가 나에게

곱슬머리는 고집이 세다는 뜻이라고 말했다. 나는 그
에게

썩 꺼지라고 말했다. 화가 날 때 나는
헤네시를 먹고 깊은 잠을 잔다. 쉴 때 나는
보사노바를 듣는다. 안토니우[1]는 신이고 나는 아스트
루드[2]를 흠모하지만
주앙[3]이야말로 대가이다. 나는 그의 말을 한 마디도
이해 못하지만

나는 빠져 있다. 내 어머니는 복을 쫓아낸다고
그 염병할 다리 좀 그만 떨라고 하신다. 나는 괜찮다
고 말한다 왜냐면

나는 아름다운 여성들을 쫓아갈 만큼 빠르고
그들은 아무튼 보통 하이힐을 신고 있다고. 나는 잘 때

꿈을 꾼다— 얼음 성과 얼음 용에 대해, 폭포에 대해

죄에 대해. 나는 자주 사랑에 대해 꿈꾸지만 결코

기억하지 못한다. 나는 여러 날을 걸어
푸르게 우거지고 바위가 많은 산을 올라서

작은 절을 찾아 스님을 만났다. 우리는
녹차를 마시며 무엇이 실상인지를 이야기한다. 나는
스님에게

만물이 실상이라 말하고 스님은 우리는 하나라고 말
한다.
나는 담배를 찾지만 포천쿠키가 나온다.

나는 중국요리를 배달한 적이 있었다고 말하고
차를 다 마신다. 몸이 더러울 때 나는

푸른 태평양에 뛰어들어 내가 원하는 만큼
오래 숨을 멈춘다. 나는 무섭지 않다. 나는 눈을 감을

수 있고

아무도 나를 보지 못할 것이다. 너에 대해 생각하면
나는 외롭다. 폭풍우 그리고 먼

입술. 나의 혹과 멍.
젖은 담배를 피운다.

---

1) 안토니우 카를로스 조빔(Antônio Carlos Jobim). 1927년에 태어
   나 1994년에 죽은 브라질의 가수, 작곡가, 편곡자, 피아니스트.
2) 아스트루드 지우베르투(Astrud Gilberto). 1940년에 태어난 브라
   질의 삼바, 보사노바 가수.
3) 주앙 지우베르투(João Gilberto). 1931년 생. 안토니우 카를로스
   조빔과 함께 1950년대 후반 보사노바를 창시한 브라질의 가수
   겸 기타리스트.

Shining

Slam your hands on the table
when you want to emphasize. Or wear white

knee socks with pink flowers.　　　Or
just fall over forgetting yourself on impact.

What the hell?　　　　　　　　I awake
　　　　to no one but a bump dead

center of my forehead. When I'm confused
I reach for a cigarette. When I'm lost I reach

inside my damp memory. I was hit by a severe
storm
of your long black hair. How can it be so straight?
My hair' scurly

so I don't grow hair. Someone told me

that curly hair means you're stubborn. I told him

to fuck off.   When I'm angry I take deep
sleeps after Henessy. When I chill I listen

to Bossa Nova. Antonio is god and I adore Astrud
but Joao
  is the man. I don't understand a word he says

but I'm devoted. My mother told me to stop
shaking
  my damn legs cuz that chases luck away. I say its
ok cuz

I'm fast enough to chase down beautiful women,
  and they're usually in high heels anyway. When I
sleep

I dream - of ice castles and dragons, of waterfalls,
of sin. I often dream of love but never

remember.   I have walked for days
climbing a lush and rocky mountain,

a small temple to see a Buddhist monk. We drink
green tea and talk about what's real. I tell him

everything's real and he says we are one.
I reach for a cigarette but find a fortune

cookie. I used to deliver Chinese food
I say and finish my tea. When I'm filthy I jump

in the blue Pacific holding my breath for as long
as I want.   I don't fear.   I can close my eyes

and no one will see me.   When I think

of you I feel alone.   Storm and distant

lips. My bumps and bruises.   Smoking

damp cigarettes.

담배 떨기 기술

나는 담배를 떤다. 털기가 워낙 정확해서

제2의 천성이 되었다. 사실 나는

밑동은 쓰레기통 속으로 날아가지만

불꽃은 날아가지 않도록 떨 수도 있다. (당신은

내가 농담을 하고 있다고 생각할지도 모르지만 인도에는

바늘 위에서 자는 사람도 있다.) 나는 많은 것들을 이렇게 한다.

나는 멜로디 없는 노래를 쓴다. 나는 빈 괄호를 가진

시를 쓴다. 나는 햄버거의 빵만 먹는다.

내 삶이 이런 식이다. 어떤 시기들은 (   )이다.

이 시기들이 충분하다면 당신은 매드 립스[1]를 할 수 있다.

사실 나는 이렇게 해서 모든 시를 쓴다.

---

[1] Mad Libs는 레너드 스턴Leonard Stern과 로버트 프라이스Robert Price가 1953년에 발명한 단어 놀이의 일종.

The Art Of Cigarette Flicking

I flick it. It's become so precise it's
second nature. I can actually flick it
in a way that the butt flies into the trash can
and the burning rose does not. (You might think
I'm pulling your leg but in India there's a guy who
sleeps on needles.) I do this with a lot of things.
I write melody-less songs. I write poems with
blank parentheses. I eat only the bread of
hamburgers.
My life is like that. Some periods are (   ).
If you have enough of them, you can play Mad lib.
Actually, that's how I write all my poems.

20년 뒤의 나에게

나는 안다 네가 뭘 생각하는지

어떻게 과거를 후회하는지

백일몽처럼 지나간 시간에 어떻게 분노하는지

방황하는 정체성, 쾌락만을 욕망함

아무 목표도 없음, 그래서

아무 욕망도 없음

"친구들"은 개자식들이었고

너를 울게 만든

개자식들.

그 자식들 모두 씹이나 팔아라.

뒤돌아 봐.

                    넌 자유롭게

무심으로 미소 지으며

새로운 음악이 네 하루를 완벽하게 해줄 걸 알았지.

그녀는 하루의 모든 순간

널 온 마음으로 사랑하느라 지친 채

매일 네 품에서 잠들었지.

엄마와 아빠의,

그리고 내 가장 귀한 보석
두 형제들의
가장 순수한 사랑.

To myself 20 years later

I know what you're thinking

how you regret the past

resent time, passed like a day dream

wandering identity, desiring only pleasure

no goal, then

no desire

"friends" who turned out

to be assholes and assholes

who made you cry.

Well, fuck them all.

Look back

                    You were free

to smile without consciousness

discovering new music would make your day.

She fell asleep in your arms daily, fatigued

from loving you with all her heart

every moment of the day.

The purest love, of

mom and dad

and my two most precious jewels,

my brothers.

낙성대[1]

우리는 서울 뒷골목에 있는 작은 스튜디오에서 출발
했다

책, 기타, 빨래가 꽉 차 있고

욕실 벽에 살짝 투명한 유리를 댄.

동생은 대양을 원했고 그래서 우리는 끝없이 펼쳐진
푸른 광경 속에 흔들리는

태평양에 있으면서

달콤한 소금 냄새,

100% 자연산 오렌지 주스에 침을 흘렸다.

우리의 목적지는 뉴질랜드였지만

힙합 나라에 떨어지고 말았다.

우탱[2]을 생각하며 Root[3]에 젖어

예술, 인생을 분석했다.

우리는 그루브를 먹고 살았다.

뚱보는 랩을 재탄생시키며

모든 운율을 정복할 운율을 뱉어냈다.

그는 그 자신의 조각들을 떼어내

세심히 돌로 빚어 그것을 사람들에게 던졌다.

우리는 핑크색 구름 끝에 달린 분자로 날아갔다.

뚱보는 세계의 창조에 대해 강의를 했고

나는 처음으로 동화에 귀 기울이는 아이였다.

기립박수를 친 후

우리는 제14대 달라이 라마가 세운 라사⁴⁾의 영화관에서

영화를 보러 갔다.

티베트에서의 7년.

절에서 우리는 손과 무릎을 대고

108배를 했다.

나는 내 할머니가 부처님과 차를 마시는 것을 보고

할머니에게 입맞춤하고 울었다. 할머니는 두 손으로

내 손을 잡았고

아무 말씀도 하지 않았다.

---

1) 시인의 동생이 살던 곳에서의 추억을 그린 시이므로 동생의 의
   견을 반영하여 이와 같이 제목을 붙였다.

2) 우탱Wu-Tang은 미국의 동부 연안 힙합 그룹이다.

3) Roots는 미국의 힙합 그룹이다.

4) Lhasa는 중국 티베트 자치구의 행정 수도이다.

A Trip With Fat[1]

We began in our small studio in the back streets of
Seoul
  stuffed with books, guitars, laundry
  and slightly transparent glass for bathroom walls.
My brother wanted the ocean so we were in the
Pacific rocking
  in an endless vision of blue
  salivating to the sweet smell of salt,
  our 100% natural orange juice.
Our destination was New Zealand
but we ended up in Hip-Hop Nation.
Reminiscing of Wu-Tang and drenched in Roots
analyzing the art, the life.
                    We fed on groove.
Fat rebirthed Rap, spurring a rhyme
that would conquer all rhymes.
He pinched off chunks of himself,
  carefully crafted it into stone and threw it at people.

We flew to a molecule nibbing on pink clouds.

Fat gave a lecture on the creation of our world

and I was a child listening to my first fairy tale.

After a standing ovation

We went to see a film in Lhasa

in the theatre built by the 14th Dalai Lama.

Seven Years in Tibet

In the temple, we bowed on our hands and knees

108 times.

I saw our grandma drinking tea with Buddha

I kissed her and cried. She held my hand with her
two

and said nothing.

1) 시인이 생전에 둘째 동생에게 붙여준 애칭.

왜 미국인들은 요코 오노를 미워하는가?
(당신은 안톤 아폴로 오노를 미워해야 한다.)

비틀매니아[1]가 미국을 강타했을 때
살았더라면.
마이크로소프트 워드가
비틀매니아를 철자 오류로 결정했다는 걸 믿을 수 없다. 난
그들의 노래 제목만으로 시 한 편을 다 쓸 수 있지만
그건 볼품없는 시일 거야.

---

1) Beatlemania. 비틀즈에 열광하는 것.

Why Do Americans Hate Yoko Ono?

(You Should Hate Anton Apollo Ono.)

I wish I was alive

when Beatlemania hit the US.

I can't believe Beatlemania is determined

a misspelling by Microsoft Word. I could write

a whole poem with just their song titles

but that would be tacky.

내가 제이Jay로 알고 지냈던 김정찬은 빼어난 시인이자 뛰어난 학생이었다. 그는 여유롭고 편안하며 친절했고, 다른 학생들과도 잘 지냈다. 그는 다른 학생들의 시를 통찰력 있는 눈으로 읽었으며, 항상 우리의 토론에 독특한 시각을 더했다.

그의 시는 디테일에 대한 안목과 상상력 있는 형상화가 뛰어났다. 그의 시 세계는 아주 자연스럽게 시각화되는 특징이 있다. 그는 어떻게 말로 그림을 그릴 수 있는지를 정말 잘 알았다. 그는 또한 즉흥적이고 자연스럽게 이미지에서 이미지로 건너뛰는 재즈 풍 문체를 구사했다. 그의 시는 생기 있고 놀라웠으며, 종위 위에다 그가 무엇을 할지 늘 기대되었다. 그는 또한 아주 재치가 넘쳐서, 그의 많은 시들은 아직도 나를 웃음 짓게 한다. 그는 자신의 시에서 나약함을 드러내었고, 자신을 표현할 때 겸손했다. 제이는 분명 독창적인 목소리의 소유자였다. 그는 더 이상 우리와 함께 있지 않지만, 여기 온통 밝은 색깔로 살아 있는 그의 말들이 있다.

― **제임스 대니얼스**(시인, 카네기 멜론 대학 영문학과 교수)

Jeong Chan Kim, who I knew as Jay, was a fine poet and a great student to have in class. He was relaxed, comfortable, and friendly, and got along well with the other students. He was a perceptive reader of other student's poems and always brought a unique perspective to our discussions.

His poems were known for their eye for detail and their imaginative imagery. It's easy to picture the world of his poems; he really knew how to paint with words. He also had a jazzy style that leaped from image to image in a way that almost seemed improvisational, spontaneous. His poems were fresh and surprising, and I always looked forward to seeing what he was up to on the page. He could also be very witty, and many of his poems still make me laugh. I appreciated that he made himself vulnerable in his poems, and I appreciated the humility with which he expressed himself. Jay was clearly an original voice. While he is no longer with us, we have his words here that live on in all their bright colors.

— **James Daniels**
(Poet, Writer, Professor of English at Carnegie Melon University)

시인詩人, 시詩가 되다

그를 처음 만난 건 중학교 3학년 때, 어느 외국어 학원에서였다. 혼자 중국어를 배우던 나에게 어느 날 학원 원장이 수학 강의를 들어보겠냐고 권하는 것이었다. '수학 기초의 정석'인가, 고등학교에 가기 전에 꼭 배워둬야 한다는 책을 가르치는 반이었는데 그도 수강생 중 한 명이었다. 키도 크고, 덩치도 좋고, 한눈에 봐도 참 잘 놀게 생긴, 나와 모든 것이 다른 친구였다. 그렇게 달라도 한참 나와 다른 친구였지만 그도 나만큼이나 음악을 좋아했고 음악을 매개로 우린 빠르게 친해졌다. 다른 고등학교로 진학을 했지만 우린 종종 만나 음악도 듣고 기타도 치고 노래하며 놀았다. 주로 내가 기타를 치고, 그가 노래를 했다. 그에게 나는 어땠는지 몰라도 노래하는 그는 나의 페르소나였다. 대입시험을 마친 후엔 광안리의 작은 공연장에서 콘서트도 했다. 생의 첫 공연이었다. 그리고 우리는, 서울로 미국으로 흩어졌다.

시간이 갈수록 나는 음악이 점점 더 고팠다. 정말 무슨 수를 써서라도 음악을 해야만 했다. 그런데 그는 나의 그런 절실함을 이해하지 못했다. 내게 음악이 '유일한 이유'였다면, 그에게는 '수많은 이유 중 하나'였으니까. 그래서 나는 그를 제쳐두고 그의 친동생과 밴드를 결성했다. 그와는 가끔 연습실에서 함께 취해 연주하는 정도가 다였다. 하지만 밴드 멤버들이 흩어지고 홀로 루시드폴의 첫 앨범을 준비할 무렵, 나는 다시 그에게 같이 곡을 만들자고 제안을 했다. 그것이 1집에 수록된 take 1이다. 앨범에서 가장 먼저 작업한 곡이었지만 우리가 함께 작업한 마지막 곡이기도 하다.

그는 다시 미국으로 갔고 가끔 전화를 걸어오곤 했다. 그는 별말 없이 항상 무언가에 취해 있었다. 굳이 내가 아니었더라도 누군가가 그냥 그리웠던 게 아닐까, 싶다. 내가 미국에 갔을 때, 피츠버그에 살던 그는 보스턴까지 나를 보러 왔었다. 호텔방에서 그는 습작한 시를 모아둔 공책을 나에게 보여주었다. 처음 본 그의 영시였다. 미국에서 자란 그는 영어로 시를 쓰는 것이 편하다고 내게 말했다. 처음으로 그가 무언가에 몰두하는 모습을 본 것 같아참 낯설면서도 반가웠다. 하지만 얼마 후 그는 시 공부를 중간에 그만두고 한국으로 돌아왔다. 그리고 우리는 또엇갈렸다.

이번엔 내가 한국을 떠났고 그는 강원도 어느 학교의

영어 교사가 되었다. 오랜만에 함께 공연을 했던 날 밤, 지독하게 자존심 센 그가 만취된 채 처음으로 나에게 '미안하다'고 말했다. 나는, 이젠 영원히 그와 음악을 같이 하진 못할 것 같다는 예감이 들었다. 잔뜩 취한 우리는 뒤풀이 자리에서 그날의 페이를 나눠 가졌다. 음악으로 함께 번, 처음이자 마지막 돈이었다. 그리고 어느 날 그가 나에게 메일을 보냈다. 교직을 그만두고 음악만 하겠다는 '선언'이었다. 겨울에 잠시 귀국했을 때, 그는 검은 중형차를 몰고 나를 보러 서울로 왔다. 직장에 남아 있을 때 차를 뽑아야 했다, 는 것이었다. 의기양양한 그가 나는 더 못마땅했다. 그를 마지막으로 본 날이다.

친구 간의 인력이란 척력보다 약해지기 마련이다. 그래서 안간힘을 다해 붙들어야 하는 것이 친구다. 삶은 현기증 날 만큼 빠르고, 우리는 끊임없이 변한다. 친구라는 타이틀은 과거의 이름표일 뿐인지도 모른다. 과거 어느 한 때, 우리는 만났고 친구가 되었다. 이제는 그와 멀어졌다 못해 만날 수 조차 없다. 짧은 생애에서 한 사람의 친구가 된다는 건 얼마나 힘든 일인가. 한때는 꽤 친한 친구 중 하나였다고, 마지막 순간까지 그도 나를 그렇게 생각해졌을까.

어젯밤엔 몹시 바람이 부는 강가에 갔다. 뿌연 오렌지 빛 가로등이 강 건너 줄지어 있었다. 물살은 끊임없이 바람을 따라 흘러갔다. 인드라망처럼 수면이 일렁였다. 생멸하는 인연의 파도 같았다. 물살은 일었다가 사라졌다가 모였다가 흩어졌다. 친구는 어디로 흩어졌을까. 그를 다시 소환할 방법은 없다. 하지만 그는 이제 시詩가 되어, 여기에 모였다. 가끔 그가 쓰던 핸드폰으로 전화를 걸어볼 때가 있다. 아직 비어 있는 번호가 왠지 고맙다. 그리고 가끔씩 꿈에 나타나 주는 그도 참 많이 고맙다.

— **루시드폴**(뮤지션)

친구 정찬이를 추억하며

열정 덩어리였다. 그냥 열정이 아니라 잠깐 스치는 것만으로도 훅 데일 것처럼 뜨거운 열정, 모방 불가능한 열정을 가진 말 그대로의 청년에 가장 가까웠던 친구였다. 나뿐 아니라 광안리에서 옹기종기 모여 함께 나이를 먹어가는 우리 친구들 대부분이 정찬이를 그렇게 기억한다. 정말이지 세상에서 가장 뜨거운 녀석이었다고.

한편으론 섬세하기 그지없는 녀석이기도 했다. 장남 콤플렉스라 해도 좋을 만큼 뭐든 챙겨주고 싶어 했고 자신이 책임지려했다. 사람들에게 따뜻했고 솔직했으며 무엇이든 슬쩍 넘어가는 것은 못 견뎌했다. 한국인으로서 어린 시절을 미국에서 보내고, 또 한국에 와서도 문화차이 때문에 많은 오해를 받으며 자신의 삶과 행동을 되돌아보는 게 습관처럼 몸에 밴 친구이기도 했다. 그렇게 스스로에 대해 불안해하고 그 불안을 들키고 싶지 않아 짐짓 괜찮은 척 할 때, 정찬이는 참 아이 같았고 사랑스러웠다. 시를 잘 썼고, 음악과 춤을 좋아했고, 친구들과 여자에게 맹렬한 기세로 사랑을 고백할 줄 알았던 친구. 자신에게도, 타인에게도, 그리고 이 세계를 향해서도 더할 수 없이

솔직하게 자신을 내보이며 진심으로 살아가려 노력했던
친구. 근사하고 멋진 녀석이었다.

*

　1987년, 동아중학교 1학년 때 정찬이를 처음 만났으니
벌써 25년도 넘은 일이다. 미국에서 살다 와 농구를 좋아
했고 유복한 집안에서 자라 별로 아쉬울 것 없다는 듯 늘
그 큰 덩치로 힙합 소년처럼 건들대며 걷던 녀석이 내 눈
엔 신기해보였다. 우리는 매일매일 순진한 호기심으로 꽉
차 거칠 것 없는 에너지로 성장하고 있었다. 정찬이는 내
게 스케이트보드 타는 법을 가르쳐주었고 NBA 게임의 하
이라이트들을 담은 비디오테이프를 빌려주기도 했다. 무
엇보다 우리들만이 공유하던 좋은 시, 좋은 음악으로 교
감할 때는 다른 게 필요 없을 만큼 그 자체로 충만하고 행
복했다.

　좀 더 머리가 컸을 때, 우리는 진지하게 음악에 대한
꿈을 공유하기 시작했다. 같은 시기에 군에 입대하고 강
원도 홍천 근처에서 또 함께 군 생활을 하며 자주 연락
했고 자주 만났다. 군복을 입고 홍천 시내를 돌아다니

며, 우리는 가장 반체제적인 상상을 공유하곤 했다. 군 전화로 통화도 자주 했고, 테이프에다 흥얼흥얼 멜로디를 녹음하거나 상황이 좋을 때는 기타 반주도 거칠게 입혀 서로에게 보내고 느낌을 묻기도 했다. 제대한 뒤에는 둘 다 제대로 음악을 해보겠다며 바다가 있는 고향을 떠나 서울로 터를 옮겼다. 당연히 낯설고 외로웠다. 홍대 앞에서 자주 만나 마셨고 그럴 때면 더 심하고 큰 사투리로 악을 쓰기도 했다. 내가 활동했던 밴드 앤이 처음으로 홍대 앞 블루데빌에서 서울 공연을 했던 날도 우리는 기분 좋게 만취해 웃고 떠들며 노래하고 춤췄다. 이후에도 클럽 공연이 있을 때마다 정찬이는 제5의 멤버처럼 늘 우리와 함께 했고 곡 작업이나 가사를 쓸 때도 많은 도움을 주었다. 젊은 날, 불안과 외로움이 일상처럼 느껴지던 시절에 진심을 다해 서로를 응원하고 사심 없이 웃고 떠들며 함께 내일을 얘기할 수 있는 동료가 있다는 것이 얼마나 큰 축복인지 그 때는 몰랐다. 고기도 먹어본 사람이 먹을 줄 안다고, 그렇듯 사심 없는 응원과 애정으로 함께 성장해온 경험을 할 수 있었기 때문에 지금의 내가 조금이나마 사람답게 살고 있는 게 아닐까 생각해보며 새삼 우리가 함께 했던 시간의 소중함과 애틋함에 고마움을 느끼게 된다.

*

부산에 돌아와 결혼을 하고 막 큰 아이를 낳았을 무렵, 정찬이가 자주 집 아래 등나무 벤치에 놀러오곤 했다. 내 아내와도 어릴 적부터 친하게 지내온 터라 갓난아기를 키우는 데 불러내기가 미안하다며 늘 자신이 아파트 입구에 와서 연락을 하곤 했다. 그러면 우리는 벤치에 앉아 자판기커피나 캔맥주 따위를 마시며 오래오래 얘기를 나누었다. 음악이나 철학, 문학이나 사회에 대한 얘기도 가끔은 했지만, 그보다는 주로 생활에 관한 얘기들을 많이 나눴다. 바닷가에서 불어오는 짠 내나는 바람을 맞으며 돈, 결혼, 부모님, 가족, 아이, 하루하루의 삶 등에 관해 이런저런 얘기를 했다. 그 조그맣지만 구체적인 얘기들은 참 사랑스러웠다. 내게는 정찬이와 함께 했던 시간 중 가장 좋았던 기억으로 남아있는 시간이기도 하다. 우리는 비로소 소시민이 되려고, 또 그토록 싫어하던 어른의 흉내만이라도 내보려고 발버둥 치던 참이었다. 돌이켜보면 행복했는데 그 때 우리가 함께 얘기할 수 있었던 고통과 외로움, 답답함과 조급함이 사실은 그 자체로 우리들 행복의 자양분이기도 했다. 이를테면 잘 다듬어진 양순한 행복이라기보다는 그야말로 야성의, 록커로서의 행복이었다고나 할까.

*

지금은 곁에 없는, 사랑하는 친구의 짧은 생을 꾸역꾸역 더듬는 일이 사실은 참 고통스럽다. 나는 아마도 아무것도 얘기할 수 없을 것이다. 아무것도 얘기할 수 없을 것을 알면서도 뭐라고, 뭐라고 몇 자 적어가는 일이 또한 난감하다. 인생은 모순투성이라 그럼에도 기어코 떠난 친구를 향해 사랑한다는 말을, 고맙다는 말을 웅얼거려본다. 사랑할 수밖에 없었고, 사랑하지 않으면 안 되는 사람이었다.

동전의 양면처럼 늘 함께 존재하던 고통과 행복, 비할 데 없이 커다란 환희와 꼭 그만큼의 덧없음을 같이 공유하고 지켜보고 느꼈던 친구. 성장통과 생활의 압박을 허심탄회하게 털어놓고 그런 것쯤이야 발로 차버리자고 다짐하면서도 서로의 비겁함과 외로움을 잘 알고 있어 더 진심으로 응원할 수 있었던 친구. 바람 좋은 날, 혹은 어느 퇴근길 신호에 걸려 해지는 노을을 바라보다 문득문득 아직도 자주 생각나는 내 친구 정찬이. 시간이 약이라지만 다 그런 것도 아니라는 걸 살다보면 알게 되나 보다. 처음엔 밀어내고 거부하고 부정했다. 솔직히 힘들었고 받아들일 수가 없었다. 하지만 지금은 아니다. 가득, 할 수 있는 데까지 떠올려보고 생각해본다. 좋은 술 한 잔 마시듯 가득 채운 다음 일순간 비워내는 것이다. 그러고 나면 또 채울 것이다. 오래오래, 죽는 날까지 그러기를 반복하겠지.

오늘도 나는 정찬이가 결혼선물로 준 조그만 오븐에 고구마를 구워 아이들과 나눠 먹었다. 우리의 삶은 여전히 진행 중이라고 생각한다. 아무리 운 좋은 인간이라도 살아가는 동안 계시처럼 만날 수 있는 멋있고 사랑스런 사람은 몇 안 되는 법이다. 정찬이를 만났고 그와 함께 시간을 보냈고 지금도 여전히 그를 기억할 수 있는 사람들은 부러움을 받아 마땅하다. 나도 그중 한 명이라 고맙다.

— **장현정**(호밀밭출판사 대표, 전前밴드 『앤』 보컬)

• 옮긴이 **권기돈**

1963년 부산 출생

서울대학교 동양사학과 졸업

미국위스콘신 매디슨 대학교 사회학 박사

한국장애인고용공단 고용개발원 원장

〈현대성과 자아정체성 탐구〉, 〈군주론〉, 〈자유론〉, 〈리얼 유토피아〉 등

사회과학과 인문학 학술서 10여 권 번역

자연이 내 무선신호를 죽이고 있다

ⓒ 김정찬, 2013

초판 1쇄 인쇄일 2013년 6월 1일

초판 1쇄 발행일 2013년 6월 5일

지은이	김정찬
펴낸이	배문성
편집	홍영사

펴낸곳	나무+나무
출판등록	제2012-000158호
주소	경기도 고양시 일산서구 가좌동 19-5
전화	031-922-5049
팩스	031-922-5047
전자우편	likeastone@daum.net

ISBN 978-89-98529-01-7 03810